岩瀬由美子

句集

琥珀《こはく》

東京四季出版

はじめに

岩瀬由美子さんの俳句は、風土というあたたかな衣装をまとっている。自然と人間の息づきが溶け合い、その風土の中に読み手を引き込むような柔らかさがある。木更津で生まれ、木更津で育ち、木更津で暮らしている郷土性が作品の軸になっているためであろう。

作品を読みすすむと、房総半島の中央を占める上総の風景と四季折々の暮らしぶりが浮かんでくる。そしてそれが、由美子俳句を育んだ土壌なのであろうと思った。

俳句を始めた動機は、同じ檀家の川合憲子さんの句集『海光』を読み、触発されたことによるという。畏兄が「曲水」所属の作家であったことも俳句に接近する素地になっていたのであろう。「好日」の入会は平成十八年で、句歴は丁度十年という節目になる。

松風の果ても上総や卯波立つ
ふるさとのよき名の梨を送りけり
店先で千貫神輿揉まれけり
年番の祭提灯吊しけり
初空や神話の塔を手庇に
夏つばめ町探検の生徒来る
うぶすなの明け暮れ朝の浅蜊汁
山を出て海へ沈む日松の花
ここからが太平洋か野水仙

まず、郷土の匂いをただよわせた諸作品に出会う。この上総は行きずりの上総の国ではなく、生まれ育った郷里であるという愛着を背景にしている。

頼られて頼りて共に木の葉髪
古茶入れて二人のままの今がいい
産声のまぎれなかりし鵙日和
待ちかねし合格通知梅薫る
四月来るやや大きめの制服に
梅月夜大役終へし夫と酌む
合格の声はればれと若緑

郷土愛につながる家族の作品もある。自然を愛し、人を愛する。感動の動機が周辺にあるという幸せが、読後感をあたたかなものにしている。
一方、日常の見える作品には、生活に即したいきいきとした息づきの感じられるものが多い。家庭の中心的存在としての横顔も見える。

待春のピザ焼く青き色乗せて
江戸前と思ふ蛤買ひにけり

旨さうなレシピ早速牡蠣を買ふ
茄子漬の色にこだはる朝かな
ふたさくの鮪包丁始かな
新海苔の艶を残せる焼き加減

作品に目を通して気がついたことは、さびしい句がないということである。心境に不安定な揺れがない。二カ月の入院暮らしがあったが、作句が途絶えることなく、作品の上にもその気配は見えない。楽天的というよりも瑣事にこだわらない、達観した心境にあるからではないかと思う。満ち足りた生活の基盤の上に日常が営まれているということで、現在・只今を生きるこだわりのない素顔が見える。

旅行吟は少ないが、大島、箱根、奥多摩、鎌倉などでの佳什を拾うことができる。

草萌や名所となりし噴火口

バスはみな品川ナンバー島うらら
本降りの帰路となりけり山法師
奥多摩の雨の山茱萸明りかな
花嫁と出会ふ小春の段葛
江ノ電の海へ傾く夏隣
足元に雨の来てゐる野菊かな

このほか、見落とすことのできない諸作がある。

音読の子を褒めてゐる団扇かな
宵闇の廊下を通るよその猫
山門は日暮の色に花卯木
通りまでロケを見にゆく日傘かな
底紅や今できること一つづつ
ペコちゃんの店もなくなる冬の町

早春の波が波追ふ野島崎

「音読の子」と「団扇」を隔てた愛情は微笑ましく、「よその猫」に対する洒脱感もいい。「山門」のたたずまいに人生観がただよい、「ロケを見にゆく」好奇心に屈託のない日常が見える。病後作の「底紅」を通しての透徹した心境と人生観、閉店する「不二家」への思いも、時の流れを実感した感懐によるものであろう。「波が波追ふ」という房総半島突端の野島崎の躍動的描写も印象的だった。そのほか触れたい作品は多いのだが、この句集は一句一句の鑑賞よりも作品全体から受ける郷土性を味わった方が楽しいように思う。屈託がなく、心豊かになれる好句集である。

平成二十八年五月

「好日」主宰　長峰竹芳

琥珀・目次

装幀　高林昭太

句集

琥珀

こはく

上総

平成十九年以前

約束のひとつを胸に雛飾る

感嘆の声で巡りし吊し雛

13　上　総

「好日」も旅の道連れ春の海

花明り水面明りの浜離宮

走り根に躓くやうに落椿

囀りや面輪あやしき石仏

花過ぎの行かずじまひの旅鞄

花屑となりて漂ふ河口かな

薬局で待たされてゐる菜種梅雨

永き日のぜんまい緩む古時計

はかどらぬ遺品の整理四月尽

夏めくや砦のやうな美術館

松風の果ても上総や卯波立つ

母の日や襷姿の母遠く

心太話に深く立ち入らず

賑やかな鳥籠吊す梅雨晴間

赤紙の仁王を拝む薄暑かな

六地蔵巡り納めし夏帽子

明るさや庫裡に挿されし花卯木
夕焼に染まりに海の見ゆるまで

お互ひに若さ褒め合ひビール飲む

湯上がりの子の髪結ひて夕端居

かなかなやふた間続きの青畳
送り火や浅きもてなし詫びながら

寺町にかぶさるビルや秋暑し

新涼の社にともる常夜灯

ふるさとのよき名の梨を送りけり

木の実落つ師弟の句碑の回りにも

産声のまぎれなかりし鴟日和

十月の達磨少なき深大寺

子規庵の絶筆の句碑草は実に

石ころを積むも仏や末枯るる

頼られて頼りて共に木の葉髪
あけぼのの大和連山冬の霧

寒灯に導かれゆく長谷詣で
一塔の静かに沈む冬夕日

賽銭の音のこそりと萩枯るる

界隈に更地増えたる寒さかな

小松菜に日はぬくぬくと母の里

里山の雨に目覚めし冬芽かな

祭提灯

平成二十〜二十一年

行列で買ふこだはりの新暦

厨ごと昼も夜もなき二日かな

松過ぎの淡墨の絵に色をさす

白障子義母に及ばぬ針仕事

冬晴やこけら落しの蔵舞台

粥食べて六腑なだめる冬の朝

道筋の生家の跡地冴返る
待春のピザ焼く青き色乗せて

春色を束ねし花屋覗きたる
料峭の列を崩さずバスを待つ

風神の袋全開春疾風

江戸前と思ふ蛤買ひにけり

日替りの花菜メニューとなりしかな

観梅の甘味どころで終はりけり

伊豆大島　四句

草萌や名所となりし噴火口

洞ありし四百年の藪椿

バスはみな品川ナンバー島うらら

はからざる大島桜日和かな

三椏の花や皇室きものの館

坂道の札所は暗し竹落葉

双頭の龍の手水や若楓

ありがたき筍なれどまた配る

茄子漬の色にこだはる朝かな

乾杯はビールの泡の消えぬ間に

後輩といふ末席や冷し酒

本降りの帰路となりけり山法師

店先で千貫神輿揉まれけり

暑き日の根岸や地図を頼りつつ

呼び声の朝顔市に分け入りぬ

乗換への三度目となる大西日

つまべにや芸者体験募集中

実むらさき楽しく学び続けたし

商ひの神とて拝む水の秋

天高し肥料混じりの土を買ひ

鋲打ちの大工に釣瓶落しの日

しきたりの薄れし暮らしこぼれ萩

わが影を早瀬にとどめ山紅葉

山茶花や七人だけのクラス会

石蕗咲くや海光とどく御用邸

目覚めれば今日も佳き日と初雀

譲られし正面の席初神楽

鐘楼に鴟尾あり日脚伸びにけり

旨さうなレシピ早速牡蠣を買ふ

笹鳴や河口に淡き月を見て

前菜のこごみ楤の芽峡の茶屋

奥多摩の雨の山茱萸明りかな

卒業の少女と丈を比べ合ふ

吊革の届かぬ高さ春夕焼

花散るやありがたき名の極楽寺

椿寿忌や敷石道の投句箱

花疲れ音声で「ふろわきました」

江ノ電の海へ傾く夏隣

文鎮は独鈷の形青嵐

若葉して社に暗き灯が一つ

夏つばめ町探検の生徒来る

六月の開港謳ふ書道展

通りまでロケを見にゆく日傘かな

年番の祭提灯吊しけり

鐘涼し縛られ地蔵縄重ね

古民家の竈焚かるる夏の果

燻されし暗き天井昼の虫

悔い残るひと日でありし花木槿

ためらはず光る秋刀魚を買ひにけり

冬に入る沖はるかなる日本海

明るさの空を広げて木の葉散る

柊の花にまんべんなき日射

灯明をともす岩屋の寒さかな

よき酒にねぎらひ合へる年の夜

蔵舞台

平成二十二〜二十三年

ふるさとの海のパノラマ初景色

買初や一枚使ふ図書カード

カーテンに午後の日射や春の蠅

夕東風や混み合つてゐる船溜り

鍬入れの母校や垣のすひかづら

たつぷりと使ふ寺の井鴨足草

音読の子を褒めてゐる団扇かな

山百合を真正面に電車待つ

萩の花お稲荷さんを祓ひたる
直会といふほどもなし新走り

篠笛の音色に秋の澄みにけり

酒蔵の大井戸小井戸草の花

仲秋ややゆつくり上る無縁坂

白萩や明治の残る岩崎邸

風軽く抜ける風船葛かな

百選の水ほとばしる走り蕎麦

草の絮飛んで大雨注意報

語り部の神代は長し茶立虫

地下街に迷ひし釣瓶落しかな

初日の出見たし宇宙の渚から

初空や神話の塔を手庇に

春立つや花麩二つのお吸物

ことごとく咲いて紅梅濃かりけり

川岸のおしゃれな茶房猫柳

春はあけぼの厨には電子音

沈丁やまだ濡れてゐる石畳

いしぶみは昔北河岸風光る

木更津のランチは浅蜊づくしかな

仙台出張中の二男大震災に遭う

鳥雲に子は宮城より生還す

午後からの風吹き変はる花辛夷

花冷の小窓を開く蔵舞台
苗札の美しき名を振り返る

塩壺の塩の固まり南風吹く

父の忌の近し紫陽花まだ淡し

春巻のころもパリッと夏に入る

法話聞く善女となりぬ額の花

グラタンの焦げ目卯の花腐しかな

よそさまの青梅数へ切れぬほど

まろやかな鰺の叩きの日暮かな

カーナビの惑ふ道あり合歓の花

節電のむしろ涼しき売場かな

買ひ足しの小筆三本燕子花

お捻りのぴたりと届く大神輿
青葦やたまたま使ふ舟着場

位牌には江戸の年号盆供養
つづれさせ箪笥に形見眠らせて

朝顔の白に始まるひと日かな

生涯の一句は遠しいわし雲

釘箱の小部屋は八つ暮早し

宵闇の廊下を通るよその猫

有明や社は海を真向かひに

潮目立つ上総の海や鳥渡る

学問に励めと神籤文化の日

大仏の福耳仰ぐ小六月

花嫁と出会ふ小春の段葛

万両や寺に思はぬ虚子の句碑

公園にジャンケンの声冬木の芽

安曇野を見下ろす山の眠りけり

くさめして笑ひ合ひけり旅疲れ

川筋は一方通行水仙花

温もりの色を浮かべて柚子湯かな

待春

平成二十四〜二十五年

初凪やヘリコプターの下に基地

兜太の句堂々とある初暦

待春の絵皿に溶かす萌黄色

立春大吉三年ものの社債買ふ

臘梅の匂ひに触れし法話かな

待ちかねし合格通知梅薫る

春遅し日曜ごとに飲む薬

境内が起点終点梅の花

春灯や句座の間近に御本尊

走り根にたつぷりと雨二月尽

身になじむ絣のもんぺ桃の花

杉花粉飛びさうな山通りけり

うぶすなの明け暮れ朝の浅蜊汁

四月来るやや大きめの制服に

山を出て海へ沈む日松の花

憲法記念日訂正印はしつかりと

湧水を手水としたり著莪の花

山門は日暮の色に花卯木

あぢさゐや誘ひ合はせて詩文書展

席待ちの銀座二丁目ちらし鮨

ポシェットにお参り銭とハンカチと
かはせみや使ひこなせぬ遠眼鏡

海の日の風は海から吹きにけり

若宮大路見えて日日草の路地

もののふの都へ来たり蓮の花

鎌倉は脇道多し木槿垣

観音に千の御手や一位の実

節電と節水秋の暑さかな

天気図に台風二つ金曜日

ゆつくりでいいから歩く草の花

商ひの跡継ぎしかと竹の春

鉛筆を栞がはりに暮早し

萩の花風あるやうにこぼれけり

折紙で習ふ箸置き文化祭

行く秋のランナー怒濤のやうにくる

裸木にゆき届きたる日射かな

寄り合へば人の温もり福寿草

適温の炬燵鬼平犯科帳

きやら蕗の好きな齢となりにけり

葉桜の影を重ねて狸塚

音跳ねる水琴窟やこどもの日

聞き役の長くなりたる団扇かな

左折しかできぬ道なり蟬しぐれ

八月の錆びついてゐる花鋏

底紅や今できること一つづつ

おしろいの花公園の映画会

十月の日射仏間の奥までも
自然薯を提げてにこにこ来たりけり

どら焼に母校の印冬ぬくし

ペコちゃんの店もなくなる冬の町

のし餅を切る不揃ひはそれでよし

琥珀

平成二十六年

ははそはの母の干支なる年迎ふ

白馬からはじまる魁夷の初暦

お飾りや束の間休む機械にも

松過ぎの味噌田楽の味噌の味

寒肥や灰に残りし縄のあと

春待つや菊のご紋の案内状

梅月夜大役終へし夫と酌む

生国も育ちも同じ水温む

春なれや寄木細工の箸二膳

買物は時に自転車二月尽

川音の記憶おぼろの甲斐の国
アングルは花と一両電車かな

房総のここが真ん中山桜

山里の風は親しや花辛夷

竹秋や使ふことなき釣瓶井戸

遠方に長き橋ある立夏かな

葉隠れの白き花見る夏はじめ

若竹や文武両道なり難く

若葉風昭和二桁傘寿なり

真つすぐにゆかぬ針目や蒸暑き

夕菅や雨に明るき河川敷

三度目の禁煙宣言行々子

水羊羹禁煙中の人に買ふ

すんなりと済みし総会棕櫚の花

涼しさや梁も柱も黒光り

午後二時の着信履歴末草

草刈の時に石噛む音のあり
目立つことなき南天の花盛り

白波はやつぱり白しサングラス

鯛やカーブミラーに対向車

曖昧な二百十日の空模様

替へどきの防災袋厄日くる

色変へぬ松の樹齢の六世紀

鳥渡る坂東太郎見下ろして

振り向けば人遠ざかる芒原

紅萩の紅のこぼるる石畳

十三夜蔵に名残の音色あり

秋茄子や離れて暮らす嫁姑

庭先の日射たつぷり小鳥くる

後ろ手に上げるファスナー鵙日和

虫の夜の二人にあまる部屋の数

散紅葉素十の句碑が見つからず

濡れてゐる仏足石や暮の秋

秋深し胸に琥珀のペンダント

初冬の港きさらづ回顧展

返り咲くたんぽぽ波の音高し

小春日の安房や土産のさんが焼

山茶花や夕日差し込む石畳

冬麗の歩を大観へ春草へ

遠山は影絵のごとし日脚伸ぶ

手拍子の木更津甚句年忘れ

野島崎

平成二十七～二十八年

額縁に「生」の一文字初明り
ふたさくの鮪包丁始かな

新海苔の艶を残せる焼き加減

松過ぎの客を仏間に通しけり

二羽去りて二羽となりけり寒雀

落款の朱を鮮やかに春を待つ

宙吊りの建築資材春寒し

浅春の胴を寄せ合ふ舫ひ舟

ここからが太平洋か野水仙

早春の波が波追ふ野島崎

街道は花菜明りの安房の国

ガラス戸の曇る厨や戻り寒

雨空に明るさ残る梅林

そば猪口を小鉢がはりに花菜和

少年が通ふ碁会所春休

席待ちの食事処や花曇

花時の待ち受け画面変へにけり

古茶入れて二人のままの今がいい

石段の方が近道著莪の花

雨粒を宿して螢袋かな

夏至の日の帰りはゆるき下り坂

梅雨明けの兄弟会や磯馴松

来年も会へるといいねシャーベット
出発のバスを見送る片かげり

干物屋の鰺は小ぶりの方がよし

あの頃は家族八人豆ご飯

七月のお囃子を待つ夕ごころ
玄関に三日履かれし祭足袋

草刈ればお稲荷さんが近くなる

老鶯やてつぺんにある朱の鳥居

カーテンのレースの疲れ夏の果

まあまあの日々を大事に盆支度

頃合ひの風の来てゐる門火かな

男手が頼り新米買付期

きりもなきむかしの話栗ご飯

晩年の暮らし気ままに草の絮

枝柿を鳥より先にもらひけり

一筋の長狭街道鵙日和

送信のメールの絵文字十三夜

わが足にカート従ふ秋の旅

水澄むやガラス細工の美術館

山国の日暮は早し花芒

足元に雨の来てゐる野菊かな

たたなづく霧の箱根を下りけり

ワイパーの動く早さや秋しぐれ

一望の相模の海や青みかん

いしぶみに雨情の音符秋暮るる

再演の津軽三味線冬初め

挨拶も唄も訛りて冬ぬくし

神無月少し疲れし夫婦箸

神留守の歪みを直す火伏札

喪の通知より十二月はじまりぬ

動くとも見えぬタンカー冬霞

星一つ残してゐたり初茜

水音を走らせて年新たなり

大太鼓小太鼓ひびく初座敷

この先は傘寿の道や寒椿

指を折る術後の日数寒の内

合格の声はればれと若緑

句集　琥珀　畢

あとがき

木更津の愛染院を菩提寺とするご縁で川合憲子さんと出合い第一句集の『海光』を頂きました。短い詩の中に、風景や心を詠む俳句に惹かれ、私も俳句を学びたいと思いました。

平成十八年、川合さんの紹介で「好日」に入会し、十年が経ちました。まだ句集を出すのは早い気もしましたが、今年は傘寿という節目でもあり、思いきって上梓することに決めました。

長峰竹芳主宰には、お忙しい中、選句をはじめたくさんのご指導を賜りました。また、身に余る序文を頂戴いたし心よりお礼申し上げます。

この度、句集『琥珀』を上梓できましたのは、木更津句会での長峰竹芳主宰の暖かいご指導と、体調の悪い時も励まし続けて下さった川合さんのお蔭と感謝しております。また、句友の皆様や家族の後押しもあり、嬉しく思っております。
最後になりましたが、お世話になりました東京四季出版の西井洋子様はじめ、社中の皆様に厚く御礼申し上げます。

平成二十八年五月

岩瀬由美子

著者略歴

岩瀬由美子　いわせ・ゆみこ

昭和11年1月3日　千葉県木更津市
に生まれる
平成18年　「好日」入会
平成21年　晴陰集同人
平成24年　俳人協会会員
平成26年　青雲賞準賞

現住所　〒292-0067　千葉県木更津市中央1-7-12

実力俳句作家シリーズ〈凜〉3

句集　琥珀　こはく

発行●平成二十八年六月二十九日
著者●岩瀬由美子
発行人●西井洋子
発行所●株式会社東京四季出版
〒189-0013 東京都東村山市栄町二―二二―二八
電　話　〇四二―三九九―二一八〇
ＦＡＸ　〇四二―三九九―二一八一
shikibook@tokyoshiki.co.jp
http://www.tokyoshiki.co.jp/

印刷・製本●株式会社シナノ

ISBN978-4-8129-0926-3